LAURENT DE BRUNHOFF

BABAR

et le professeur

GRIFATON

Nouvelle Collection Babar • Hachette

A Célesteville, la ville des éléphants,
le roi Babar et la reine Céleste vivent heureux
avec leurs enfants : Pom, Flore et Alexandre,
et leur cousin Arthur.
Un jour Babar reçoit une lettre de son amie,
la vieille dame. «Écoutez, dit-il aux enfants :
«Mon cher Babar, je m'ennuie de vous tous
et pense revenir bientôt.
Mon frère, le professeur Grifaton, viendra
peut-être aussi avec ses deux petits-enfants,
Colin et Nadine. Je me réjouis de
vous voir et vous embrasse bien fort.»
«Quelle bonne nouvelle, dit Babar.
— Hourra ! Bravo !» crient les enfants.

Les voilà! Tout le monde est content. Le professeur Grifaton est très ému : il a tellement entendu parler de Babar et de Céleste par sa sœur! Babar embrasse

la vieille dame de bon cœur. Pom, Flore et Alexandre
sont ravis de connaître leurs nouveaux amis. Quant à
la voiture, elle a beaucoup de succès auprès des éléphants.

Le professeur Grifaton emmène les enfants avec lui à la chasse aux papillons.

Il leur apprend le nom de ceux qu'il met dans sa gibecière. Mais Tom ne peut pas s'empêcher de souffler sur un beau papillon jaune, au moment où monsieur Grifaton allait l'attraper. Celui-ci n'est pas content, mais Colin trouve ça très drôle.

Après la promenade, tous se retrouvent dans
la chambre du professeur. Celui-ci leur montre
sa cage à papillons. « Tu vois, dit-il à Pom, c'est
une boîte démontable en plastique. Les petits trous
sur le côté laissent passer l'air. »
Colin, à quatre pattes sur le tapis, regarde un livre
couvert de photographies de papillons, pendant
qu'Arthur admire le microscope, sans oser
y toucher. Tout à coup Nadine, qui n'était pas
rentrée avec eux, les appelle par la fenêtre :
« Alexandre ! Pom !
Venez vite, venez vite ! J'ai fait
une découverte extraordinaire ! »

Nadine les conduit devant l'entrée d'une grotte
que l'on distingue à peine derrière les branches.
Enthousiasmés, ils décident d'en faire leur maison.
Tom apporte de gros coussins que la vieille dame
lui a prêtés : il faut que ce soit confortable.
Eclairés par des lanternes, ils se mettent au travail.

Quand tout fut prêt dans la grotte, les enfants
invitèrent Babar, Céleste et leurs amis. Aidés
par la vieille dame, ils avaient préparé un succulent goûter,
avec beaucoup de gâteaux. Arthur, ce gourmand,
a pris un plat d'éclairs pour lui tout seul !

Puis Nadine et ses amis disparaissent
un instant derrière un rideau. Ils reviennent

déguisés avec des costumes de théâtre
trouvés dans les armoires du Palais des Fêtes !

Alexandre est revenu dans le vestiaire pour changer de costume. Mais il a une mauvaise idée « Si j'allais voir où conduit ce tunnel », se dit-il. Et saisissant la lanterne il avance avec précaution. Après avoir tourné plusieurs fois, le couloir débouche devant un grand trou. Alexandre se penche.

Il essaie de voir ce qu'il y a au fond et, patatras! il glisse, roule et tombe. La lanterne est cassée, il fait noir. Alexandre pleure et appelle.... Enfin les autres arrivent avec des lampes électriques. Arthur se laisse glisser dans le trou et le console. Podular lance une corde au petit éléphant et le remonte tout doucement.

Les déguisements rangés, tout le monde se retrouve
dans le jardin du roi Babar. « Cette grotte
me paraît très intéressante, dit le professeur Grifaton.
Ne pensez-vous pas, cher Babar, que nous pourrions
en explorer les couloirs ?
— Quelle bonne idée ! répond ce dernier. Nous allons
organiser une expédition sérieuse.
— Bravo ! Bravo ! s'écrie Arthur.
— Dès demain je vais m'occuper de faire rassembler les
équipements et les outils nécessaires, ajoute Cornélius.
— C'est cela, dit le roi Babar, et vous, mon cher
professeur, vous devriez aller voir mon ami,
le sculpteur Podular, qui est un amateur
de spéléologie. »

Le lendemain, pour descendre dans les profondeurs
de la grotte, Babar forme une équipe.
Celle-ci se compose, bien sûr, de Babar et d'Arthur,
de Podular le sculpteur, d'Olur le mécanicien
et du docteur Capoulosse, dont la présence
est une précaution indispensable.
Le professeur Grifaton et le général Cornélius
restent en haut, en liaison téléphonique
avec Babar. Ayant revêtu des combinaisons
imperméables et des casques à lampe,
les cinq éléphants pénètrent dans la grotte,
encouragés par Colin et Nadine.

Ils découvrent
une rivière souterraine et glissent sur leurs canots
pneumatiques. Dans l'ombre, parmi les stalactites,
ils aperçoivent une très vieille statue de Mammouth...

En suivant la rivière souterraine,
les canots pneumatiques sont arrivés
sur le lac de Célesteville !
« On peut donc entrer dans la grotte par
le lac ! s'écrie le professeur. Tout cela
est très excitant. » Alors il va voir
le commandant du port de Célesteville
et reste longtemps enfermé avec lui.
Les éléphants se demandent ce qu'il prépare :
« Le professeur Grifaton a beaucoup d'idées
dans la tête. Quel est donc son secret ? »
Le secret du professeur, c'est un bateau...

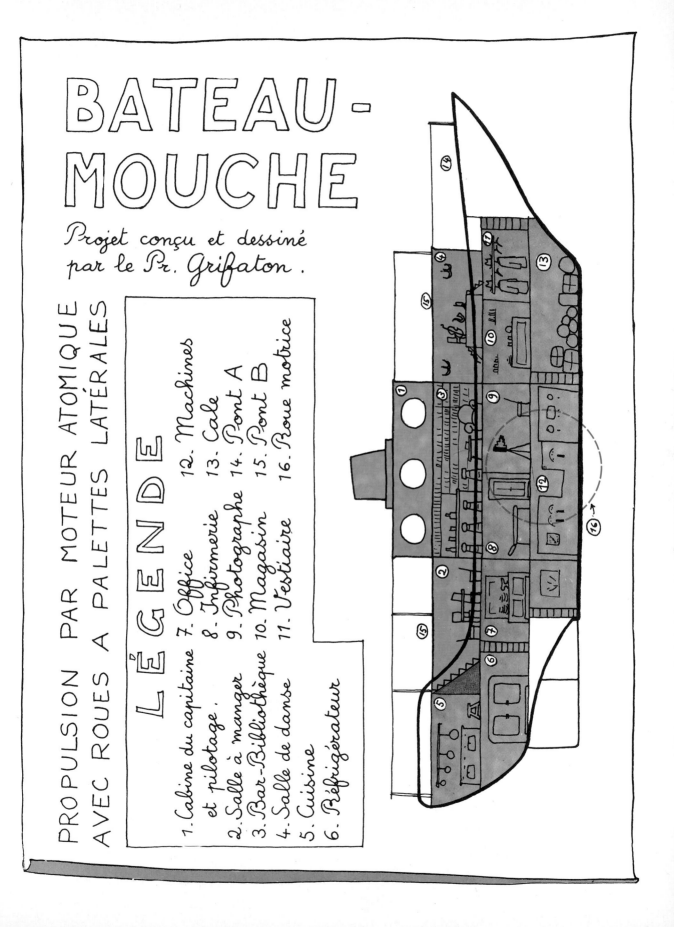

BATEAU-MOUCHE

Projet conçu et dessiné par le Pr. Grifaton.

PROPULSION PAR MOTEUR ATOMIQUE
AVEC ROUES A PALETTES LATÉRALES

LÉGENDE

1. Cabine du capitaine et pilotage.
2. Salle à manger
3. Bar-Bibliothèque
4. Salle de danse
5. Cuisine
6. Réfrigérateur
7. Office
8. Infirmerie
9. Photographe
10. Magasin
11. Vestiaire
12. Machines
13. Cale
14. Pont A
15. Pont B
16. Roue motrice

Quelque temps plus tard, le bateau-mouche est prêt
pour son premier voyage. « Voilà votre idée réalisée,
professeur, dit Babar. Je crois que tous les éléphants

sont ravis.» La sirène retentit, tout le monde
se dépêche. Les marins s'apprêtent à larguer
les amarres.... Mais où sont partis les enfants ?

DÉPART   DEMAIN

Trop tard ! Le bateau est parti, la barrière fermée jusqu'à demain.

Un marin, qui les voit désolés, les appelle et leur dit : « Dans cinq minutes

le bateau-mouche va passer sous le pont. Courez ! Vous pouvez le rattraper..»

Les enfants courent à toutes jambes : les voici sur le pont juste à temps.

⑤

Penché sur la balustrade,
Arthur fait de grands
signes au bateau.

⑥ Dans la cabine du pilote
le capitaine les aperçoit
et donne l'ordre d'arrêter.

⑦ Aussitôt, on leur lance
une échelle de corde
depuis l'arrière du bateau.

Un peu émus, mais tout fiers de cette équipée,
les enfants se jettent dans les bras de Babar et de
Céleste. « Que vous est-il arrivé ? s'écrie celle-ci.
Je vous avais bien dit que vous n'aviez pas le temps
de faire un tour à bicyclette avant l'heure du départ. »
Pendant quelques minutes, ils sont si essoufflés
qu'ils peuvent à peine parler.
Sous la toile qui protège du soleil,
ils s'accoudent au bastingage
et regardent l'eau qui file sous le bateau.
« Que cette promenade est délicieuse »,
dit la Vieille Dame au professeur.

Arrivé devant la rivière souterraine,
le bateau-mouche accoste au débarcadère.
Les passagers descendent et choisissent un
canot automobile. Mais Cornélius et la vieille dame
craignent l'humidité de la grotte pour leurs
rhumatismes. « Au revoir ! Pas d'imprudences ! »
disent-ils. « Teuf ! Teuf ! En avant ! » s'écrie Arthur.
Babar allume les phares de son canot.

Les projecteurs illuminent la grotte qui paraît

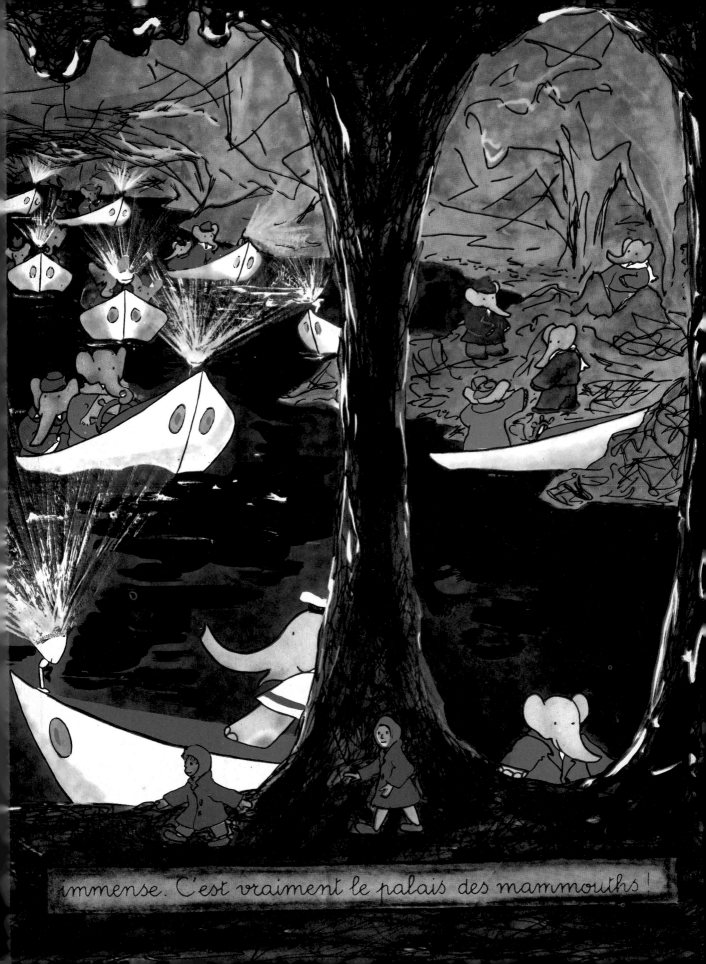

immense. C'est vraiment le palais des mammouths !

Une heure plus tard le bateau-mouche
est en vue du port de Célesteville.

« Vive le bateau-mouche ! Vive le professeur Grifaton ! »
crient tous les éléphants massés derrière la balustrade.
Chacun se faufile pour mieux voir.
Les petits grimpent sur les épaules de leurs parents
ou sur les autos . « Demain nous arriverons
en avance pour avoir de la place, dit l'un d'eux.
Je serai le premier. _ Non ! C'est moi ! » dit un autre.